Les Métamorphoses

FichesdeLecture.com

LES MÉTAMORPHOSES (FICHE DE LECTURE)   4

I. INTRODUCTION

II. RÉSUMÉ DE L'ŒUVRE

III. PRÉSENTATION DES PERSONNAGES

IV. PERSPECTIVES D'ANALYSE

L'amour dangereux
Les sources d'Ovide
Une explication des origines ?

DANS LA MÊME COLLECTION EN NUMÉRIQUE   10

À PROPOS DE LA COLLECTION   17

Les Métamorphoses
(Fiche de lecture)

I. INTRODUCTION

Les Métamorphoses sont une œuvre composée par le poète Ovide. Il s'agit d'un très long poème épique, qui comporte environ douze mille vers organisés en 15 livres, pour un total de plus de 250 légendes.

On estime sa date de commencement d'écriture aux alentours de l'an I. Ovide part de la création de l'univers jusqu'à l'époque romaine et l'apothéose impériale. Aujourd'hui encore, c'est l'un des ouvrages fondateurs de notre culture et de notre littérature occidentale.

Les métamorphoses désignent une série de transformations, le plus souvent d'origine divine, qu'il s'agisse de punitions ou de récompenses.

II. RÉSUMÉ DE L'ŒUVRE

Le poème est composé de quinze livres, dont voici les thèmes majeurs :
Livre I : Création, Âges de l'humanité, les Géants, Daphné, Io
Livre II : Phaéton, Callisto, Jupiter, Europe
Ces deux premiers livres nous racontent l'origine du monde, avant que les éléments ne soient créés (notamment le ciel et la terre), ainsi que les débuts de l'humanité (Création, âges de l'humanité). L'univers aurait connu quatre âges ; Ovide raconte ensuite la bataille des Géants contre les Dieux Deucalion et Pyrrha, puis plusieurs légendes portant sur Apollon, Jupiter et Mercure.
Livre III : Cadmos, Actéon, Écho, Penthée
Livre IV : Pyrame et Thisbé, les filles de Minée, Persée et Andromède
Les livres III et IV développent le cycle dit thébain. Les légendes s'organisent donc autour du fondateur de Thèbes, Cadmos, et des membres de sa famille.
Livre V : Phinée, Le rapt de Proserpine
Livre VI : Arachné, Pallas/Athéna, Niobé, Philomèle, Procné

Ces deux livres continuent de narrer la légende de Persée, qui était déjà abordée dans le livre IV. Puis les Muses racontent plusieurs légendes à Minerve, dont le rapt de Proserpine par Pluton.

Livre VII : Médée, Céphale et Procris

Livre VIII : Nisus et Scylla, Dédale et Icare, Philémon et Baucis

Les livres VII et VIII correspondent aux légendes du cycle dit athénien et crétois. On y retrouve des épisodes aussi célèbres que Jason et la toison d'or, ou le labyrinthe de Dédale, Icare...

Livre IX : le mythe d'Hercule, Byblis

L'ensemble de ce livre IX porte sur les exploits d'Hercule.

Livre X : Orphée, Eurydice, Hyacinthe, Pygmalion, Adonis, Atalante, Cyparissus

Livre XI : mort d'Orphée, Midas, Alcyone et Céyx

Ovide met en vers l'histoire d'Orphée, ce qui lui permet de développer plus en détail la thématique de l'amour.

Livre XII : Iphigénie, les Centaures, Achille

Livre XIII : le siège de Troie, Énée

Livre XIV : Scylla, Énée, Romulus

Ces livres racontent les évènements troyens, dont le célèbre épisode de la guerre de Troie.

Livre XV : Pythagore, Hippolyte, Esculape, César

Ce dernier livre présente les légendes italiennes. Le poème part donc du chaos initial de l'univers pour s'achever sur l'apothéose de César.

C'est dans ce livre que l'on assiste à un plaidoyer de Pythagore en faveur du végétarisme. C'est là aussi qu'il affirme que rien dans l'existence n'a de caractère permanent, et il évoque le renouvellement des espèces à travers la question de l'ensevelissement des corps.

III. PRÉSENTATION DES PERSONNAGES

Les divinités et personnages légendaires sont extrêmement nombreux dans l'œuvre d'Ovide. Nous ne pouvons donc pas tous les présenter. Voici cependant des protagonistes importants :

Pyrame et Thisbé : amants légendaires babyloniens de la mythologie grecque et romaine, ils s'aiment malgré l'opposition de leurs pères. Suite à un malentendu tragique, tous deux se donnent la mort. D'après Ovide, c'est de leur histoire que découlerait la couleur des mûres. D'autres récits abordent cette histoire de façon très différente.

Proserpine : elle est une divinité romaine équivalente à Perséphone. Enlevée par Pluton dont elle devient l'épouse, elle passerait ensuite six mois aux Enfers, et six mois avec sa famille le reste de l'année.

Hercule ou Héraclès : Il est l'un des héros les plus célèbres de l'Antiquité. Parmi ses exploits, on compte l'accomplissement de ses Douze travaux.

Jason : il est le héros de l'expédition visant à trouver la Toison d'or. Il fait donc construire un navire de cinquante rames et réunit les plus grands héros de son temps, afin d'organiser leur périple vers la Colchide. Il réussit, après bien des épreuves, à récupérer la toison d'or, malgré la perte de son équipage.

Europe : Fille d'Agénor (roi de Phénicie), elle est enlevée par Zeus sous la forme d'un taureau, car il veut échapper à la jalousie d'Héra, son épouse divine. Elle est mère de Minos, suite à son accouplement avec le dieu qui a repris son apparence humaine. Minos est le dieu juge des Enfers.

Enée : Il est l'un des héros de la guerre de Troie. Virgile le chante dans son *Eneide*.

Romulus : Fondateur mythique de Rome, avec son frère jumeau Remus.

Orphée : Epoux d'Eurydice, il est à l'origine d'un culte appelé orphisme. Célèbre aède, il est encore renommé pour sa fameuse lyre. Comblé de dons en musique et en poésie par le dieu Apollon, il rajoute deux cordes à sa lyre en hommage aux neuf Muses. Il a pris part à l'expédition des Argonautes. En voulant sauver sa femme Eurydice des Enfers après qu'elle ait été tuée par la morsure d'une vipère, il fait l'erreur de se retourner pour la voir, et la perd définitivement. Désespéré, inconsolable, il mène une vie d'errance dans les bois et se jure de ne plus tomber amoureux. Il croise des Traces, des Bacchantes ou des Ménades, qui le découpent en morceaux et jettent sa tête dans le fleuve Hébros. Elle dérive jusqu'à Lesbos. Sa lyre, ensuite, devient la constellation de la Lyre.

Arachné : Personnage mythologique gréco-romain, la jeune femme aux dons inouïs de tissage est évoquée chez plusieurs auteurs ; Ovide certes, mais aussi Virgile et Dante. Elle est connue pour sa confrontation avec Athéna, qui la changea en araignée.

Dédale : Athénien inventeur du labyrinthe destiné à enfermer le Minotaure, Dédale est un personnage de la mythologie grecque. L'étymologie de son nom signifie « astucieux » ou « artistiquement travaillé ». C'est lui qui donne la solution à Ariane pour qu'elle sorte du labyrinthe, avec le célèbre « Fil d'Ariane », qu'elle donna alors à Thésée.

Thésée : Fils d'Egée ou de Poséidon, Thésée est le héros envoyé pour combattre le Minotaure. Ariane est amoureuse de lui.

Icare : Fils de Dédale, Icare veut fuir la Crète en volant avec des ailes fabriquées par son père. Ce dernier le met en garde, mais Icare s'approche trop du Soleil et ses ailes de cire fondent. Il meurt en tombant dans la mer, qui porte désormais son nom.

Persée : Héros de la mythologie grecque, il fonde Mycènes et Midée. D'après Ovide, Persée aurait pétrifié Atlas en lui montrant la tête de Méduse, et l'aurait transformé en une chaîne de montagnes sur laquelle repose le ciel. Il s'agit d'une version différente de celles d'autres auteurs.

Cadmos : Personnage de la mythologie grecque, il est le fondateur légendaire de Thèbes. On dit de lui qu'il aurait importé l'alphabet phénicien dans son pays. Le mythe raconte que son père l'a envoyé chercher sa sœur **Europe,** enlevée par Zeus, avec l'interdiction de revenir sans avoir mené sa mission à bien. Après avoir triomphé, Cadmos va se voir donner Harmonie pour épouse.

Andromède : Elle a été libérée par Persée, alors qu'elle était captive d'un monstre marin. Elle l'épouse par la suite. Après sa mort, Athéna donne son nom à une constellation.

Pythagore : son nom signifie « celui qui a été annoncé par la Pythie ». Les données sur sa vie sont partielles, mais l'on sait qu'il s'agissait d'un grand mathématicien (d'où le théorème qui porte son nom, mais aussi d'autres grandes avancées en mathématiques, dont en géométrie), philosophe et thaumaturge.

Les Centaures : Ce sont des créatures mythiques mi-hommes, mi-chevaux.

Atalante : Héroïne grecque que l'on retrouve dans plusieurs traditions, arcadienne et béotienne selon les versions. Elle aurait notamment terrassé deux centaures agressifs.

Pygmalion : sculpteur chypriote, Pygmalion se révolte contre le mariage et décide de rester seul. Mais il tombe amoureux d'une statue de son propre ouvrage, qu'il appelle Galatée. Il prie ensuite Aphrodite de lui donner vie, ce qu'elle lui accorde. Ils auront deux filles ensemble, Paphos et Matharmé, selon les versions.

IV. PERSPECTIVES D'ANALYSE

L'amour dangereux

L'amour est l'une des thématiques majeures et « moteurs » de l'œuvre des *Métamorphoses.* En effet, c'est souvent l'élément conduisant à la transformation (la métamorphose) des évènements et des personnages, qu'ils soient divins, semi-héros ou humains.

Mais l'amour tel que le conçoit Ovide n'est pas identique à la vision que l'on s'en fait aujourd'hui, c'est-à-dire romantique (une notion développée au Moyen-âge).

Bien au contraire, chez Ovide comme chez nombre de ses contemporains, l'amour est une force puissante, dangereuse et déstabilisante, bien plus qu'une notion positive en tant que telle. L'auteur souligne le fait que l'amour a un fort pouvoir sur tout le monde, mortel ou non, puisque même le Dieu de la mort est soumis à sa puissance. Dans la plupart des aventures du poème, l'amour l'emporte sur les conduites raisonnables et la morale.

L'amour est donc source de métamorphose(s) : des hommes ou des dieux en animaux, des femmes tombent enceintes, des rôles changes... tout devient possible dans ce monde de transformations fantastiques, dont l'amour est la source principale.

Soulignons aussi que dans le contexte historique et politique de l'écriture, Ovide pourrait bien avoir développé ce thème pour prendre parti par rapport aux lois et incitations maritales mises en place sous Auguste pour réguler les relations amoureuses.

Les sources d'Ovide

Ovide s'est inspiré de plusieurs autres auteurs, textes et histoires :

- les poètes de l'époque hellénistique (notamment concernant la mythologie grecque et les métamorphoses fréquentes de leurs divinités). Parmi eux, on peut citer Parthénios de Nicée, Nicandre de Colophon et Antigonos de Carystos.

–   le renouveau du pythagorisme, qui a permis de se réinterroger sur la question des transformations. Or ces transformations sont nombreuses, comme le titre l'indique. Le chaos devient univers, les dieux se transforment en animaux, une humaine devient araignée…

Une explication des origines ?

À bien des égards, les *Métamorphoses* portent sur l'origine des choses. Tout commence, dans le poème, par l'origine du monde, bien avant que les éléments ne soient dissociés. Puis c'est au tour de l'origine des hommes. En fait, tout au long du poème, Ovide raconte les transformations qui ont mené à l'invention d'animaux, de végétaux, voire même d'instruments de musique (dont la lyre d'Orphée, bien qu'elle soit « améliorée » de deux cordes par rapport aux lyres traditionnelles).

De même, Apollon porte une couronne de laurier, une plante qui découlerait directement de la transformation de Daphné. Et les plumes d'oie sont noires plutôt que blanches, en raison de l'infidélité de Coronis. À ce sujet, il est important de souligner l'importance négative de la trahison dans l'esprit de l'époque d'Ovide. Chez les Romains, la trahison était l'un des crimes les plus sévèrement punis, les cités et les hommes ayant besoin en permanence de pouvoir compter les uns sur les autres.

Comme le fait *l'Enéide*, le poème d'Ovide essaie aussi d'expliquer l'origine de l'Italie, même si cela est abordé beaucoup plus brièvement. On ignore encore si ces *Métamorphoses* servaient de base d'enseignement aux élèves romains, qui auraient pu apprendre des éléments historiques ou fondateurs de leur monde. De plus, ils apprenaient aussi des actes glorifiant leur empereur et ses ancêtres, ce qui constitue une forte dimension politique de tout poème soutenu par un pouvoir en place.

Dans la même collection en numérique

Les Misérables
Le messager d'Athènes
Candide
L'Etranger
Rhinocéros
Antigone
Le père Goriot
La Peste
Balzac et la petite tailleuse chinoise
Le Roi Arthur
L'Avare
Pierre et Jean
L'Homme qui a séduit le soleil
Alcools
L'Affaire Caïus
La gloire de mon père
L'Ordinatueur
Le médecin malgré lui
La rivière à l'envers - Tomek
Le Journal d'Anne Frank
Le monde perdu
Le royaume de Kensuké
Un Sac De Billes
Baby-sitter blues
Le fantôme de maître Guillemin
Trois contes
Kamo, l'agence Babel
Le Garçon en pyjama rayé
Les Contemplations

Escadrille 80

Inconnu à cette adresse

La controverse de Valladolid

Les Vilains petits canards

Une partie de campagne

Cahier d'un retour au pays natal

Dora Bruder

L'Enfant et la rivière

Moderato Cantabile

Alice au pays des merveilles

Le faucon déniché

Une vie

Chronique des Indiens Guayaki

Je voudrais que quelqu'un m'attende quelque part

La nuit de Valognes

Œdipe

Disparition Programmée

Education européenne

L'auberge rouge

L'Illiade

Le voyage de Monsieur Perrichon

Lucrèce Borgia

Paul et Virginie

Ursule Mirouët

Discours sur les fondements de l'inégalité

L'adversaire

La petite Fadette

La prochaine fois

Le blé en herbe

Le Mystère de la Chambre Jaune

Les Hauts des Hurlevent

Les perses

Mondo et autres histoires

Vingt mille lieues sous les mers

99 francs

Arria Marcella

Chante Luna

Emile, ou de l'éducation
Histoires extraordinaires
L'homme invisible
La bibliothécaire
La cicatrice
La croix des pauvres
La fille du capitaine
Le Crime de l'Orient-Express
Le Faucon malté
Le hussard sur le toit
Le Livre dont vous êtes la victime
Les cinq écus de Bretagne
No pasarán, le jeu
Quand j'avais cinq ans je m'ai tué
Si tu veux être mon amie
Tristan et Iseult
Une bouteille dans la mer de Gaza
Cent ans de solitude
Contes à l'envers
Contes et nouvelles en vers
Dalva
Jean de Florette
L'homme qui voulait être heureux
L'île mystérieuse
La Dame aux camélias
La petite sirène
La planète des singes
La Religieuse
1984 A l'Ouest rien de nouveau
Aliocha
Andromaque
Au bonheur des dames
Bel ami
Bérénice
Caligula
Cannibale
Carmen

Chronique d'une mort annoncée

Contes des frères Grimm

Cyrano de Bergerac

Des souris et des hommes

Deux ans de vacances

Dom Juan

Electre

En attendant Godot

Enfance

Eugénie Grandet

Fahrenheit 451

Fin de partie

Frankenstein

Gargantua

Germinal

Hamlet

Horace

Huis Clos

Jacques le fataliste

Jane Eyre

Knock

L'homme qui rit

La Bête humaine

La Cantatrice Chauve

La chartreuse de Parme

La cousine Bette

La Curée

La Farce de Maitre Pathelin

La ferme des animaux

La guerre de Troie n'aura pas lieu

La leçon

La Machine Infernale

La métamorphose

La mort du roi Tsongor

La nuit des temps

La nuit du renard

La Parure

La peau de chagrin

La Petite Fille de Monsieur Linh

La Photo qui tue

La Plage d'Ostende

La princesse de Clèves

La promesse de l'aube

La Vénus d'Ille

La vie devant soi

L'alchimiste

L'Amant

L'Ami retrouvé

L'appel de la forêt

L'assassin habite au 21

L'assommoir

L'attentat

L'attrape-coeurs

Le Bal

Le Barbier de Séville

Le Bourgeois Gentilhomme

Le Capitaine Fracasse

Le chat noir

Le chien des Baskerville

Le Cid

Le Colonel Chabert

Le Comte de Monte-Cristo

Le dernier jour d'un condamné

Le diable au corps

Le Grand Meaulnes

Le Grand Troupeau

Le Horla

Le jeu de l'amour et du hasard

Le Joueur d'échecs

Le Lion

Le liseur

Le malade imaginaire

Le Mariage de Figaro

Le meilleur des mondes

Le Monde comme il va

Le Parfum

Le Passeur

Le Petit Prince

Le pianiste

Le Prince

Le Roman de la momie

Le Roman de Renart

Le Rouge et le Noir

Le Soleil des Scortas

Le Tartuffe

Le vieux qui lisait des romans d'amour

L'Ecole des Femmes

L'Ecume Des Jours

Les Bonnes

Les Caprices de Marianne

Les cerfs-volants de Kaboul

Les contes de la Bécasse

Les dix petits nègres

Les femmes savantes

Les fourberies de Scapin

Les Justes

Les Lettres Persanes

Les liaisons dangereuses

Les Métamorphoses

Les Mouches

Les Trois mousquetaires

L'étrange cas du Dr Jekyll et de Mr Hyde

L'Ile Au Trésor

L'île des esclaves

L'illusion comique

L'Ingénu

L'Odyssée

L'Ombre du vent

Lorenzaccio

Madame Bovary

Manon Lescaut

Micromégas
Mon ami Frédéric
Mon bel oranger
Nana
Ne tirez pas sur l'oiseau moqueur
Notre-Dame de Paris
Oliver twist
On ne badine pas avec l'amour
Oscar et la dame rose
Pantagruel
Le Misanthrope
Perceval ou le conte du Graal
Phèdre
Ravage
Roméo et Juliette
Ruy Blas
Sa Majesté des Mouches
Si c'est un homme
Stupeur et tremblements
Supplément au voyage de Bougainville
Tanguy
Thérèse Desqueyroux
Thérèse Raquin
Ubu Roi
Un Barrage contre le Pacifique
Un long dimanche de fiançailles
Un secret
Vendredi ou la vie sauvage
Vipère au poing
Voyage au bout de la nuit
Voyage au centre de la terre
Yvain ou le Chevalier au lion
Zadig

À propos de la collection

La série FichesdeLecture.com offre des contenus éducatifs aux étudiants et aux professeurs tels que : des résumés, des analyses littéraires, des questionnaires et des commentaires sur la littérature moderne et classique. Nos documents sont prévus comme des compléments à la lecture des oeuvres originales et aide les étudiants à comprendre la littérature.

Fondé en 2001, notre site FichesdeLectures.com s'est développé très rapidement et propose désormais plus de 2500 documents directement téléchargeables en ligne, devenant ainsi le premier site d'analyses littéraires en ligne de langue française.

FichesdeLecture est partenaire du Ministère de l'Education du Luxembourg depuis 2009.

Plus d'informations sur www.fichesdelecture.com

ISBN: 978-2-511-02901-5

Notes :